D1725395

Drachentanz

und andere Geschichten von Mut und Angst

Geschrieben von Nina Schindler
Gemalt von Christiane Pieper

Esslinger

Inhalt

© 1996 Esslinger Verlag J. F. Schreiber, Postfach 285, 73703 Esslingen
Österreichischer Bundesverlag Wien
Alle Rechte vorbehalten 1 2 3 4 5 (14334)
ISBN 3-215-13029-7
Redaktionelle Mitarbeit: Christine Rolzhäuser

Vorwort

Liebe Angsthasen, Weicheier, Feiglinge, Drückeberger und Schisser,

daß wir vor etwas Angst haben, ist nichts Besonderes, das passiert uns allen immer mal wieder – leider. Aber gegen die Angst gibt es Hilfe; manchmal findet man diese Hilfe bei sich selbst oder bei einem Freund oder einer Freundin.
Die Geschichten in diesem Buch erzählen von Kindern, die in einer Situation stecken, die ihnen Angst, Wut oder Kummer macht, und wie sie diese Situation durchstehen. Denn gegen Angst, Wut und Kummer gibt es Gegenmittel: zum Beispiel den festen Willen, sich nicht unterkriegen zu lassen und seine eigene Meinung laut zu sagen. Doch wir brauchen Mut, um diesen Willen dann in Taten umzusetzen. Diesen Mut nennt man auch Zivilcourage.
Manchmal ist die Erfahrung von Angst sogar notwendig, um zu erleben, daß wir mit ihr fertig werden können.

Viel Spaß beim Lesen wünschen euch

Christiane Pieper
und
Nina Schindler

Courage

Es klingelt. Frau Zimmermann verläßt die Klasse.

Zwanzig Minuten Pause. Draußen regnet es in Strömen, deswegen bleiben alle aus der 4A im Klassenraum.

„He, hört mal alle her!" schreit Ole. Er ist der Klassenboß, und sofort sind alle still.

Ole wartet noch eine kleine Sekunde länger, weil er es toll findet, wenn alle darauf warten, daß er redet.

„Also, was ich mal sagen wollte", Ole grinst, „hier ist einer, der ist ziemlich uncool."

Ole schaut die anderen an, Mike nickt, Sven auch. Max guckt zum Fenster raus. „He, Max, findest du das nicht auch?"

„Was?" Also hat der gar nicht richtig zugehört. Ole hat es sich ja gedacht.

„Na, der Frantek."

„Was ist mit dem Frantek?"

Manchmal stellt Max sich wirklich dämlich an. Ole grinst nicht mehr. „Eben so, wie der Frantek aussieht!" Ole zeigt mit dem Daumen in die Richtung von Franteks Tisch, wo dieser mit Anja sitzt und so tut, als kriegte er nichts mit. Aber das kann Ole nicht täuschen – er weiß genau, daß Frantek jedes Wort mitbekommen hat.

„Der sieht doch aus wie aus dem Museum! Guck dir das doch bloß mal an!" Während Ole wieder mit dem Daumen in Franteks Richtung zeigt, lacht er laut. Mike und Sven lachen mit. Frantek sieht aber auch irgendwie bescheuert aus, das kann man wohl sagen. Keine Jeans, sondern Hosen wie von so einem altmodischen Anzug. An Hosenträgern! Nicht so bunte, mit Mickymäusen oder Raketen drauf oder so, sondern ganz langweilige aus weißen Gummibändern. Und darunter trägt er ein Hemd und einen ärmellosen Pullover, so einen selbstgestrickten, und was das schlimmste daran ist: einen mit Stopfstellen. Klar, so läuft man nicht rum.

Ole, der weiß, was schick ist! Der hat die richtigen Markenjeans an, teure Turnschuhe an den Füßen und ein supertolles Sweatshirt. Mike, Sven und Max sehen so ähnlich aus wie Ole, naja, vielleicht nicht ganz so cool.

Deshalb ist Ole ja auch der Klassenboß. Deshalb, und weil er der Stärkste ist, und der Lauteste.

Max schaut hinüber zu Frantek und sieht, wie der rot wird. Klar, der hat alles mitgekriegt und geniert sich jetzt. Irgendwie tut er Max leid, aber da steht Ole und lacht, und der ist sein Freund.

„Stimmt", murmelt Max, „er sieht witzig aus. Sowas trägt heute echt keiner mehr. Vielleicht weiß er das nicht. Schließlich ist er ja erst vor ein paar Wochen nach Deutschland gekommen."

„Eben!" Ole steckt die Hände in die Taschen und zieht die Schultern hoch. „Kommen her und haben von nix ne Ahnung und laufen rum wie die letzten Deppen!"

Da müssen alle wieder lachen. Mittlerweile sind ein paar von den Mädchen herübergekommen.

„Na, Ole, tust du dich wieder mal dick?" fragt Ulli freundlich wie eine Schnurrkatze. Sie zankt sich oft mit dem

Klassenboß rum, weil sie findet, daß er ein Angeber ist.
„Was verstehst du schon davon?" Abschätzig mustert Ole
Ulli. Die ist ziemlich dick und hat für schicke Klamotten
nicht so viel übrig wie er.
„Du paßt doch in Jeans gar nicht rein!" Ole lacht, und
seine Gefolgsleute lachen mit, auch Max.
„Na und? Bin ich deshalb vielleicht doofer? Vielleicht sitzt
das Gehirn ja im Hintern, und dann hab ich Glück gehabt!"
Ulli ist knallrot geworden vor Wut, aber sie hat jetzt die
Lacher auf ihrer Seite.

Max wird das ganze zu blöd, er zieht Ole am Ärmel: „Komm, laß doch den Scheiß! Hat ja nicht jeder soviel Kohle wie du." Das hätte er nicht sagen sollen. Ole stößt ihn zurück. „Als ob das nur eine Frage von Kohle wär! Und wenn schon! Die schlaueren Leute haben eben mehr!"
„Jaaa", mischt sich Ulli ein, „und du verdienst ja auch schon jede Menge. Ich seh dich richtig vor mir, du Ober-Arsch-Generaldirektor!"
„Sag das noch mal!" faucht Ole. Er schubst Ulli, aber die ist schwer, so leicht kann man die nicht schubsen. Dafür stößt sie ihn in den Bauch. „Laß das, du blöder Kerl! Wenn dir die Argumente ausgehen, kannst du nur zuschlagen! Das kennt man ja." Sie wirft ihren Freundinnen einen bedeutungsvollen Blick zu. „Wir haben jedenfalls keine Lust mehr auf deine Pöbeleien gegen Frantek. Laß den in Ruhe. Wenn schicke Klamotten wenigstens einen guten Charakter machen würden, aber da bist du ja der lebende Beweis: nicht mal das können sie!" Damit dreht sie sich um und marschiert wieder zu ihrem Tisch am Fenster. Die anderen Mädchen grinsen und zeigen Ole einen Vogel.

„Naja, Weiber!" Ole schnauft. „Was kann man von denen schon erwarten! Kommt, wir haben noch was Besseres zu tun, als mit denen rumzupalavern." Er dreht sich um und geht zur Tür. Doch nur Mike und Sven folgen ihm. „Na, was ist, Max? Komm schon, los!"

„Nö." Max sieht auf den Boden und hält die Luft an. Gleich wird Ole sauer auf ihn werden, und mit den schönen Nachmittagen an Oles neuem Computer ist bestimmt auch Schluß, wenn er jetzt stur bleibt. Aber andererseits – Ulli hat recht. Und er ist ein Feigling. Aber nicht mehr lange. „Nö, also, ich bleib hier und helfe Frantek bei den Aufgaben. Damit er nicht denkt, daß alle gemein zu ihm sind."

„Was?" Ole runzelt ungläubig die Stirn. Damit hat er nicht gerechnet. „Läßt du dich jetzt von Weibern beschwatzen?"

Max sieht hoch. „Vielleicht. Vielleicht hab ich auch bloß deine Angeberei satt."

„Na, dann laß dich nicht abhalten." Ole drehte sich weg. „Bist eben doch son richtiger Weichling."

„Vielleicht. Vielleicht sind Muskeln ja auch nicht das allertollste." Jetzt ist es heraus.

Alle in der Klasse starren Max an. Oles alter Kumpel weigert sich, länger Gefolgschaft zu leisten. Wau! Das ist spannend. Ole tut so, als sei Max ihm schnurzegal. „Verpiß dich zu deinem Polenfreund. Aber komm nicht wieder bei mir angekrochen, hörst du?"

Max nickt. Am liebsten hätte er geheult. Was will er denn bloß mit dem dünnen kleinen Frantek? Was geht der ihn an? Überhaupt nichts! Der spricht komisch, riecht komisch und sieht komisch aus. Ole hat ja recht mit seiner Hänselei! Es stimmt doch, der ist doch ein Jammerlappen, dieser Frantek! Was hat er sich da nur eingebrockt! Streitet sich wegen so einem Hänfling mit seinem besten Kumpel! Ist er denn total beknackt? Ole, Mike und Sven stapfen aus dem Klassenraum.

Da hört Max Ullis Stimme: „Na, Ole, das schmeckt dir wohl gar nicht, wenn Leute mal ne eigene Meinung haben, hä? Laß mal, Max, es gibt noch andere Leute außer Ole, und falls du es vergessen hast, Mädchen sind auch Menschen!"

Da lachen einige und Max grinst ein bißchen. Ein verrutschtes, schiefes Grinsen. Aber eins, was aus ihm gekommen ist, und nicht eins, was er auf Befehl von Ole in sein Gesicht gedrückt hat. Er holt tief Luft und dreht sich zu Ulli um. „Es gibt aber auch doofe Menschen."

„Du sagst es, Mäxchen, du sagst es. Besonders die, die andern in den Hintern kriechen."

Nur gut, daß Ole, Mike und Sven schon aus der Klasse raus sind. Max kann ohne diese Zuschauer jetzt richtig loslachen.

Hase und Igel

Sprach der Hase zu dem Igel:
„Ich lauf so schnell, als hätt ich Flügel!"
Da sagt der Igel zu dem Hasen:
„Ich kann noch viel viel schneller rasen!"
Der Hase denkt, er hört nicht gut
und fragt: „Woher nimmst du den Mut?
Du hast doch nur die Stummelbeine –
nun sieh mal her: So lang sind meine!"
„Wieso denn Mut?" fragt da der Igel.
„Wer schlau ist, der hat immer Flügel,
und wenn er lieb ist, auch ne Frau."
Mit der stimmt er sich ab genau.
Der Hase rennt dann wie verrückt,
die Igel ducken sich geschickt,
und immer, wenn der Hase hetzt,
steht da ein Igel: „Du erst jetzt?"
So legen sie den Hasen rein,
mit Grips und List und Stummelbein.

Fällt dir erst mal was Schlaues ein,
dann kannst du ruhig mutig sein!

Faules Gemüse

„Inga, wo steckst du denn nur wieder? Ich ruf dich schon seit fünf Minuten!" Mamas Stimme klingt ziemlich sauer.
Inga taucht aus der Welt der Feen und Zwerge mühsam wieder auf und klappt das Buch zu. Schluß mit Lesen.
Bestimmt will Mama, daß sie helfen soll.
Vielleicht sogar einkaufen.
Inga haßt Einkaufen. Eigentlich findet sie alle Hausarbeit doof, aber Einkaufen ist immer so eine Schlepperei. Und am schlimmsten ist das Einkaufen im Gemüseladen.
Die Gemüsefrau ist nämlich Frau Kreuzkamm, und die guckt immer ganz böse. Und sie hat ein schwarzes Haar am Kinn, wie eine Hexe. Und unfreundlich ist sie! Wenn Inga die Äpfel oder Paprika rundherum anschaut, so wie

Mama ihr das gesagt hat, dann macht Frau Kreuzkamm immer eine ruppige Bemerkung. Aber gerade deshalb kauft Mama das Gemüse nicht abgepackt im Supermarkt, sondern im Gemüseladen, weil man sich da nämlich selbst aussuchen kann, was man will.
Mama sagt, daß Inga spinnt und sich das mit Frau Kreuzkamms Unfreundlichkeit nur einbildet.
Aber Inga weiß ganz genau, daß die Gemüsefrau sie nicht leiden kann, und daß die deshalb immer so grob ist.
Immer meckert sie rum: „Beeil dich ein bißchen, los, flotter, da warten auch noch andere Kunden."
Wenn man Obst und Gemüse sorgfältig auswählt, dann

11

dauert das eben einen Moment, und Inga ist sowieso nicht
raketenschnell, weil sie meistens mit ihren Träumen
beschäftigt ist. Das bringt Mama dann auf die Palme.
„Immer pennst du vor dich hin! Inga-Schatz, du mußt
doch auch mal ein bißchen deine Frau stehen, und dich
nicht immer nur verkriechen!"
Mama hat gut reden.
„Geh doch zu Frau Kreuzkamm und hol schnell Kartoffeln
und Zwiebeln!" sagt Mama.
Inga seufzt. Sie hats ja geahnt.
Sie nimmt den Korb und geht
los. Weit hat sie es nicht,
nur die Straße runter,
dann um die Ecke,
und bei der nächsten
Querstraße ist es schon.
Es sind nur zwei Kundinnen
vor ihr, dann ist sie dran.
„Zwei Kilo Kartoffeln und ein
Pfund Zwiebeln, bitte",
murmelt sie.
„Kartoffeln und wieviel Zwiebeln!?"
bellt Frau Kreuzkamm.
„Ein Pfund." Inga schaut auf den Boden,
ganz sicher guckt Frau Kreuzkamm
schon wieder böse.
Frau Kreuzkamm zieht über die rechte
Hand einen durchsichtigen Plastikhand-
schuh und greift in den Kartoffelsack. Inga holt
sich eine braune Papiertüte vom Haken und nimmt
eine Zwiebel, schaut sie genau an und läßt sie in die Tüte
rutschen. Dann die nächste. Frau Kreuzkamm wiegt schon
die Kartoffeln ab. „Na, wird das heute noch was?"

Inga wird rot. Rasch nimmt sie die restlichen
Zwiebeln und läßt sie in die Tüte gleiten.
Frau Kreuzkamm wiegt sie ab.
„Fünf Mark zwanzig."
Inga zahlt, steckt das Wechselgeld ein, legt die Tüten in
den Korb, brummelt „Auf Wiedersehn" und ist – wutsch! –
raus aus dem Laden.
Draußen holt sie tief Luft. War ja gar nicht so schlimm.
Sie flitzt wieder nach Hause, gleich ist sie wieder bei den
Feen und den Zwergen in diesem wunderschönen Buch.
„Stell den Korb in die Küche", ruft Mama aus dem Wohn-
zimmer. Das tut Inga und legt das Wechselgeld daneben.
Dann setzt sie sich wieder in ihrem Zimmer in die Kuschel-
ecke und schlägt das Buch auf.
Aber sie hat noch nicht eine Seite gelesen, da fliegt ihre
Zimmertür auf und Mama steht da und schimpft.
„Inga, wieso hast du mir verschimmelte Zwiebeln mitge-
bracht? Hab ich dir nicht schon hundertmal gesagt, daß
du darauf achten sollst, was du einpackst?"
Inga sieht sie verdattert an. Sie hat doch – nein, die letz-
ten paar hat sie aus Schiß vor Frau Kreuzkamm
schnell gegrabscht. Schimmelige! Wie blöd!
„Sofort gehst du zurück und sagst Frau
Kreuzkamm, daß ich die nicht will."
Inga rutscht das Herz dorthin, wo
eigentlich nur der Bauchnabel ist.
Oh, nee! Bloß das nicht! Sie will keinen Ärger mit Frau
Kreuzkamm! Die ist sowieso immer so fies zu ihr! Sie hat
Angst!
Doch die Mutter läßt keinen Einwand gelten. „Inga-Schatz,
du bist jetzt neun. Du kannst dich nicht mehr dauernd ver-
stecken, wenn du was verpennt hast. Ich weiß, du kannst
das, also los!"

13

Mama spinnt. Das kann sie überhaupt nicht. Frau Kreuzkamm ist böse und kann Inga nicht leiden, und peinlich ist das auch! Am liebsten würde Inga losheulen, jedenfalls ist ihr sehr danach. Aber Mama sagt: „Fang jetzt bloß nicht an, dir leidzutun. Bring das wieder in Ordnung!"

Inga holt die Tüte mit den Zwiebeln und schaut nach. Es stimmt, da ist bei einigen Schimmel unter der letzten Zwiebelschale, grünlich blau, kein Zweifel.

Sie geht den Weg diesmal ganz langsam, er ist auch länger als sonst, fast zehn Kilometer. Leider trifft sie unterwegs niemanden, den sie hätte mitnehmen können, keinen Tim, keine Julia, keins von den Kindern aus ihrer Straße läßt sich blicken.

Und dann sind auch zehn Kilometer rum. Inga öffnet die Ladentür – niemand drin. Der Vorhang zum Hinterstübchen bewegt sich, und da ist Frau Kreuzkamm.

„Na, was vergessen? Bist eben doch ne kleine Schusseltrine, was?"

Mit einem Mal ist Inga wütend. Eigentlich deshalb, weil Frau Kreuzkamm recht hat. Aber dies sind Frau Kreuzkamms Zwiebeln, verdammt nochmal! Soll die doch keine schimmeligen in den Korb legen! „Nein, ich hab nichts vergessen. Es ist – äh – ja, also, es ist –"

„Na, was denn? Stotter nicht so rum, ich hab zu tun!"

„Na, weil sie schimmelig sind, und da hat meine Mama gesagt –"

„Was? Ich bin schimmelig?" Frau Kreuzkamm hat kugelrunde Augen, und das schwarze Haar an ihrem Kinn zittert.

„Nein, nicht Sie, die Zwiebeln." Inga hält ihr die Tüte hin. Frau Kreuzkamm schüttet die Zwiebeln auf die Theke und nimmt die erste in die Hand. „So, hat das deine Mama gesagt? Also die hier ist völlig in Ordnung, und die auch, und die au –" Sie hört auf zu reden und nimmt die nächste

und noch eine und räuspert sich. „Tja, da hat deine Mama recht."
Und dann geschieht etwas Ungeheuerliches. Frau Kreuzkamm sieht Inga an, lächelt ein bißchen und sagt: „Da war ich wohl die Schusseltrine, was? Die gibts eben in jedem Alter! So gesehen, passen wir beide gar nicht schlecht zusammen, was?"

Und dann holt sie neue Zwiebeln und schaut sich alle genau an, bevor sie sie abwiegt. Und Inga sieht ganz genau, daß es jetzt fast eineinhalb Pfund sind. Zuletzt greift Frau Kreuzkamm hinter sich ins Regal, holt einen rot-grünen Apfel raus, reibt ihn an ihrer Kittelschürze, bis er glänzt und reicht ihn Inga. „Sag der Mama, es tut mir leid, aber sowas passiert. Nächstes Mal passen wir beide besser auf, ja?" und dann zwinkert sie. Mit einem Auge.

Inga muß lachen. „Bestimmt, Frau Kreuzkamm, machen wir." Sie schnappt sich die Tüte, sagt nochmals „tschüs" und schon steht sie draußen. Diesmal dauert der Weg nur hundert Meter oder so. Inga hat kaum Zeit, darüber nach-zudenken, warum in aller Welt sie mal vor Frau Kreuz-kamm Angst hatte. Naja, aber das war früher mal, das ist jetzt schon lange her.

Du bist schüchtern?
Du machst dir manchmal vor Angst (fast) in die Hose?
Du willst das ändern?

Hier ein paar Tips:

– zähl nach dem Einkaufen das Wechselgeld nach und
frage nach, wenn du was anderes ausgerechnet hast.
Du brauchst nur zu sagen: „Ich kann noch nicht so
schnell rechnen, ich lerne das erst."

– frage jemanden auf der Straße nach der Uhrzeit und
bedanke dich für die Auskunft.

– wenn du in einer Schlange stehst und drankommst, laß
dich nicht von Größeren wegdrängeln. Sag einfach:
„Entschuldigung, ich glaube, ich bin dran."

– wenn du dich beim Telefonieren verwählt hast, leg nicht
einfach auf, sondern entschuldige dich für den Irrtum.

– grüße den unfreundlichen Nachbarn / die unfreundliche Nachbarin freundlich immer wieder, bis er / sie zurückgrüßt. Dann macht das Grüßen sowieso Spaß.

– wenn du denkst, daß dich alle anderen übersehen, wünsch dir einen knallroten Pulli und sag dir dann: das ist mein Lieblingspulli!

– wenn du allein bist, stell dich vor den Spiegel und sag zu deinem Spiegelbild: Du bist nett. Die anderen werden das auch noch merken.

– sag abends vor dem Einschlafen laut unter deiner Bettdecke hundert Mal: Ich schaff das!

Gerade für ängstliche Menschen gilt: die meisten Leute sind netter als du gedacht hast, du muß sie nur direkt ansprechen.

Bei Streß in eurer Klasse berate dich mit anderen, die ähnlich denken wie du, und macht dann Vorschläge:

- wir machen eine Klassenkonferenz, da kann jeder seine Meinung sagen, und alle hören zu.

- wir machen eine Wandzeitung, da kann jeder Lob und Kritik aufschreiben.

- wir stellen einen Kummerkasten hin, und einmal in der Woche lesen wir die Zettel vor. (Ihr könnt auch verabreden, daß die Zettel anonym sind, das heißt: ohne Absender.)

- daß im Sportunterricht die Kampfhähne aus eurer Klasse mal nach sportlichen Regeln miteinander ringen oder Tauziehen oder auf eine andere ungefährliche Art ihre viele Kraft loswerden.

- schlagt ein Unterrichtsprojekt vor, bei dem alle das vorführen dürfen, was sie besonders gut können.

Denn: Jeder kann irgendetwas besonders gut!

Mutprobe

„So, alle von der Bande mal herhören!" Max hat sich hingestellt und reckt den Kopf. „Wir treffen uns Samstag um drei wieder hier." Er schaut der Reihe nach alle an. „Aber dann dürfen nur die Leute aus der Bande mit."
Bine sitzt mit den anderen auf der Wiese beim kleinen See und ist sauer. Wieder mal bloß die Bande! Die sollen nicht so angeben! Als ob sie was Besseres wären! Naja, dann wird sie am Samstagnachmittag eben am Computer hocken, schließlich hat sie ja das neue Spiel.
„... auch mal mitmachen."
Sie schreckt hoch. Da hat doch gerade einer noch was gesagt? Richtig, Boris.
Max schaut auf Boris runter. „Mitmachen? So einfach geht das nicht ..." Er runzelt die Stirn und sieht zu den anderen Banden-Mitgliedern hin. „Ähhh, darüber entscheidet sowieso eine Mutprobe, vorher ist da nix mit mitmachen. Erst wenn du, also, wenn du –"
„Gemutprobt hast." Bine weiß selbst nicht, wieso sie sich eingemischt hat. Aber manchmal geht ihr Maxens Wichtigtuerei ganz schön auf den Keks.
„Hä? Was? Ja, also erst, wenn du eine Mutprobe ..."
„Kann ich auch eine Mutprobe machen?" funkt Bine wieder dazwischen.
Sie läßt nicht locker. Dabei ist kein einziges Mädchen in der Bande.
„Ein Mädchen? Eh, ich weiß nicht, also, nee ..." Max schaut seine Kumpel ratlos an.
„Wieso? Ist Mädchenmut weniger wert als Jungenmut? Du bist ja echt hinterm Mond!" Jetzt gerät Bine in Fahrt.
„Entweder es heißt, eine Mutprobe bestehen oder nicht." Sie hebt das Kinn hoch und sieht ihm direkt ins Gesicht.

„Laß sie doch." Der lange Bernd grinst. „Ist doch noch gar nicht gesagt, ob sie besteht."

„Richtig." Max nickt erleichtert. „Also gut, dann kommt beide am Samstag zum Treffpunkt. Wir werden ja sehen. Und bringt alle eure Räder mit."

Max und seine Bande verschwinden. Schließlich hocken nur noch Bine und Boris da.

Er spuckt einen Grashalm in die Luft. „Na, da hast du dir ja was Schönes eingebrockt."

„Wieso? Was geht dich das an? Ist doch meine Angelegenheit, was ich mache, oder? Und wenn ich in die Bande aufgenommen werden will, dann mach ich halt die blöde Mutprobe." Bine funkelt Boris wütend an. Er soll sich nicht einmischen, er ist doch überhaupt erst vor ein paar Wochen hierher gezogen. Der hat doch von nichts eine Ahnung.

„Reg dich ab, ich meine ja nur." Boris legt sich rücklings ins Gras. „Du weißt doch gar nicht, was die von dir wollen!"

„Na und? Du doch auch nicht!"
„Doch, ich hab gehört, die sind ganz schön gemein, die Mutproben."
„Warum machst du denn dann mit?"
Boris rupft Grashalme aus, prüft sie und läßt einen nach dem anderen runterfallen. „Vielleicht, weil ich hier noch niemanden kenne. Da ist das ganz schön, wenn man zu ner Bande gehört." Jetzt hat er wohl einen Halm gefunden, der ihm gefällt. Er legt ihn zwischen die gestreckten Daumen und bläst in die Faust, bis ein komischer Ton aufsteigt.
„He, wie machst du das?" Bine ist neugierig geworden.
„Du mußt dir einen breiten Grashalm suchen. Und dann mußt du ihn so dazwischen legen", er zeigt es ihr, „und dann vorsichtig pusten, bis er zittert. Das gibt die Musik."
Bine probiert es, aber bei ihr klingt es mehr wie Zischeln. So einen schönen, runden Ton kriegt sie noch nicht hin.
Boris grinst. „Mußte üben, üben, üben."
„Naja, vielleicht ein andermal. Jetzt muß ich heim. Tschüs, bis Samstag. Bei der Mutprobe."
Am Samstagnachmittag treffen sie sich wieder beim kleinen See. Die Bande ist vollzählig angetreten:
Max, Bernd, Johannes, Tim und Tobias.
Boris kommt als letzter.
„Endlich!" Max steht auf,
die anderen folgen ihm.
„Wo gehen wir denn hin?"

Bine merkt, wie ihr Herz pocht. Es ist schon ein bißchen lauter als sonst.

„Das siehst du noch früh genug. Auf die Räder, Männer!" kommandiert Max. Schon im Sattel, dreht er sich zu Bine um. „Ist ja noch gar nicht sicher, ob da auch mal Weiber dazugehören werden."

„Du wirst dich noch wundern!" denkt Bine wütend.

In einer langen Reihe fahren sie bis zum Deich und von dort in Richtung Neubauviertel. Als sie die ersten halbfertigen Häuser erreicht haben, hält Max an.

„So, hier ist es. Seid leise, damit uns niemand hört. Die Arbeiter sind samstags nicht da, aber manchmal sind hier Schwarzarbeiter am Rummachen, die dürfen uns nicht erwischen."

Vorsichtig schiebt er das Rad auf die Schotterstraße und späht nach allen Seiten.

„Der tut sich wieder dicke", denkt Bine und folgt Tim, der vor ihr geht. Boris und die anderen sind hinter ihr. Vor einem Haus, bei dem das Dach noch ungedeckt ist, hält Max an. „Hier ist es. Wer von euch will zuerst?"

Boris sieht zu Bine hin, die schaut weg.

„Mir egal", sagt Boris. „Frauen und Kinder zuerst."

„Hach, du Blödmann", zischt Bine. „Na, von mir aus. Was soll ich denn machen?" erkundigt sie sich.

„Och, nix Besonderes. Du sollst bloß aufs Dach klettern und auf dem dicken Balken balancieren. Dem da ganz oben. Einmal quer übers Dach."

Bine sieht hoch. Das Dach ist bestimmt so drei, vier Meter über dem nackten grauen Betonboden. Bine kann gut auf dem Schwebebalken balancieren, Angst hat sie da nie gehabt. Aber da oben? Da wäre doch jeder blöd, der das probierte, außer er ist ein Seiltänzer oder scharf auf gebrochene Knochen. Andererseits ...

Sie würde endlich zur Bande gehören. Würde mitmachen dürfen. Könnte Max mal tüchtig die Meinung sagen, wenn er sich aufspielte. Die anderen in der Bande würden sie immer beschützen. Das wäre toll ...

Sie blinzelt. Dann schaut sie auf ihre Füße runter. Sie hat Sandalen an, die muß sie natürlich ausziehen. Aber mit nackten Füßen? Und einmal quer? Das waren bestimmt zehn Meter oder mehr. Aber wenn sie kneift, würden alle sie auslachen. Dann wäre es Schluß mit dem Traum vom Bandenmitglied, sie als erstes Mädchen.

Gemein.

Sie blinzelt, weil ihr die Tränen hochsteigen. Das ist einfach nicht fair! Sie hat doch keinen Sprung in der Schüssel, das ist viel zu gefährlich! Wer sich sowas traut, ist kein mutiger Held oder eine mutige Heldin, sondern ein Trottel.

Die anderen sehen sie neugierig an.

„Na, wie lange sollen wir hier noch rumstehn? Machstes oder machstes nicht?" Max grinst breit. Richtig oberfies.

„Tja, Jungs", Bine sieht in die Runde. Alle schauen sie neugierig an. „Das wars dann wohl. Ich dachte, ihr hättet was von Mutprobe gesagt. Das hier ist Schwachsinn. Da mach ich nicht mit. Sucht euch wen anders, der blöd genug dazu ist." Sie schwingt sich aufs Rad und strampelt davon. Auf den ersten Metern hätte sie fast einen Sturz gebaut, wegen dem rutschigen Schotter, aber auch wegen den Tränen, die alles vor ihren Augen verschwimmen lassen.

Sie schnieft ein paarmal wütend, und dann ist sie auch schon auf dem Deich und tritt den ganzen Zorn in die Pedale, daß ihr der Fahrtwind nur so um die Ohren rauscht.

Deshalb hört sie die Rufe erst auch nicht. „Bine! Langsamer! Wart doch!"

Sie fährt langsamer und dreht sich um. Keuchend kommt Boris neben sie gefahren. „Mensch, du hast ja einen Zahn drauf!"

„Was ist denn los? Ich dachte, ihr feiert jetzt ein Fest, weil du da rübergehopst bist." Sie kneift die Augen zusammen, weil er nicht sehen soll, daß sie geheult hat.

„Bist du bekloppt?" Boris schnauft immer noch wie eine alte Dampflok im Kino. „Ich habe ihnen gesagt, die einzig Mutige in dem ganzen Haufen wärst du, weil du es fertig gebracht hast, diese verrückte Mutprobe nicht zu machen. Na, und dann hab ich auch verzichtet."

„Ehrlich?" Bine sieht ihn fassungslos an. „Du hast auch –? Eh, Mann, das find ich toll?" und dann muß sie ganz doll lachen und Boris lacht mit.

„Komm, jetzt gehen wir erstmal Grashalm blasen üben."

Zimmerballett

„Na, komm, Janni, los, los, beeil dich!" ruft Mama. Papa steht schon in der offenen Wohnungstür und guckt ganz sauer. Jan will aber nicht mit.
Er fährt nicht gern zu Opa, er nicht.
Sollen Papa und Mama doch allein fahren, die wollen schließlich immer ins Grüne. Jeden Monat fahren sie an einem Wochenende raus aufs Dorf zu Opa. Der lebt da in seinem kleinen Häuschen mit dem großen Garten.
Jan mag Opa nicht so besonders.
Der hat dicke, buschige, graue Augenbrauen, das sieht immer so aus, als würde er böse gucken. Jan findet Opa ein bißchen zum Fürchten. Früher, als Oma noch lebte, da hat er das nicht so gemerkt, aber seitdem Oma nicht mehr da ist, meckert Opa immer an ihm rum.
„Wirds bald?" ruft jetzt Papa, und Jan kann die Ungeduld ganz deutlich hören.
Er seufzt und nimmt die Jacke vom Haken.

„Ja, gleich." Und ganz plötzlich, ohne daß er es vorhatte, nimmt er den Beutel mit dem Kostüm mit, der neben seinem Schultornister hängt.

Dann sitzen sie im Auto, und die Eltern reden von der Gartenarbeit und ob die Dahlien schon blühen und daß sie diesmal die Zwiebeln nicht vergessen dürfen.

Jan macht ein bockiges Gesicht und starrt aus dem Fenster. Aber er sieht draußen weder die Häuser noch dann die Felder, sondern er sieht Opa, wie er immer diese Frage stellt.

„Na, spielst du denn gern Fußball?"

„Nö, nicht besonders."

„Was? Ein Junge in deinem Alter und spielt nicht gern Fußball? Das gibts doch nicht!"

Jan seufzt wieder. Doch, Opa, das gibt es wohl.

Muß ja nicht jeder Fußball spielen.

Jan findet Tanzen toll.

Das versteht Opa nie
im Leben. Für den
müssen Jungen immer
Fußball spielen.
Jan tanzt so gern.
Jede Woche geht
er zu Frau Eckstein
in die Ballettstunde.

Zuerst waren es mehrere Jungen in der Gruppe, aber in der Fortgeschrittenen-Gruppe ist Jan der einzige Junge. Doch das ist ihm piepegal. Wichtig ist doch das Tanzen.

Wenn Frau Eckstein ihre Kommandos für die Tanzfiguren gibt: „Erste Position!" oder „demi plié" oder „échappé", weiß Jan genau, was er machen muß. Frau Eckstein lobt ihn oft, weil sie findet, daß er es gut kann.

Bei der großen Aufführung der Ballettschule vor den Sommerferien hat Jan ein Solo bekommen, da durfte er ganz allein den Troll im Sommerwald tanzen.

Die Leute haben geklatscht wie wild, und Papa und Mama haben ihn hinterher ganz doll gedrückt, weil er so schön getanzt hat.

Bloß Opa, der versteht das nicht. Der ist auch nicht zur Aufführung gekommen. Jan kann sich denken, was Opa gesagt hat: „Weiberkram, dieses Rumhopsen" oder so.

Das hört er ja auch manchmal von den anderen Jungen in der Schule, seitdem die wissen, daß er zum Ballettunterricht geht.

Aber Jan ist das egal. Naja,
ganz egal doch nicht, aber er
erträgt es. Weil tanzen
so viel Spaß macht, deshalb.

„Na, da wären wir." Papa stellt
den Motor ab und steigt aus.
Mama auch. „Los, Janni,
raus mit dir an die
frische Herbstluft!"
Jan steigt langsam aus.
Da kommt Opa auch schon
zur Gartenpforte.
Papa kriegt einen Händedruck
und Mama einen Schmatz
auf die Wange. Und
dann steht Opa vor Jan
und schaut ihn unter diesen
Augenbrauenbüscheln an.
„Tag, mein Kleiner.
Na, wie gehts denn so?"
„Gut", murmelt Jan und
drückt seinen Beutel an sich.

„Was hast du denn da mitgebracht?"

Nun muß er es sagen.

„Mein Kostüm. Weil du doch nicht zur Aufführung kommen konntest. Ich wollte dir mal meinen Trolltanz zeigen." Jan guckt an Opa vorbei hinüber zum Apfelbaum. Ihm ist ganz schön zitterig. Was jetzt?

„Vortanzen? Ja, du lieber Himmel, ein Junge, der –"

„Ich finde, das ist eine wunderbare Idee, Vater", sagt Papa.

„Ich auch", sagt Mama. „Kommt, wir kochen Kaffee. Dazu essen wir meinen Kuchen, und dann tanzt Jan den Troll." Sie zwinkert ihm zu.

Da wird Jan auf einmal ganz kalt. Er hat die Musik vergessen. Und ohne Musik kann er doch nicht tanzen! Was soll er jetzt machen?

„Mama, ich hab die Musik vergessen", er zieht sie am Ärmel.

„Och, das ist doch nicht schlimm, Janni. Dann sing ich es eben."

Na, ob das klappt? Jan ist ganz schön aufgeregt.

Dann machen sie alles so, wie Mama gesagt hat. Und während die Großen noch ein zweites Stück Apfelkuchen essen, zieht Jan sich um. Als er wieder reinkommt, merkt er, wie Opa ihn aufmerksam mustert. „Oho, so sieht also ein Troll aus!" Jans Kostüm ist wunderschön, so richtig trollig, findet er. Braune Strumpfhosen und ein braunes Trikot und daran hat Mama grüne Blätter genäht, die rascheln immer bei den Pirouetten.

Mama fängt an zu singen, und Jan stellt sich in Position. Natürlich kann Mama nicht genauso exakt singen wie die Kassette, aber Jan kriegt es immer gut hin, daß die Figuren zur Musik passen.

Er springt mit kleinen Jetés quer durchs Wohnzimmer und dreht sich und beugt sich zum Klang der Musik, er hüpft und gleitet über den Dielenboden, und dann springt er noch ein échappé sauté und ein paar pas de chats und zum Schluß macht er fünf Pirouetten hintereinander. Er kennt nämlich genau den Trick, daß ihm davon nicht schwindelig wird.

Dann verbeugt er sich, und Papa und Mama klatschen und rufen „Bravo!" und „Bravissimo!"

Als Jan den Kopf hochhebt, sieht er, daß Opa auch klatscht. Langsam und nachdrücklich knallt er die dicken Pranken aneinander.

„Joi joi joi", sagt er, „wer hätte das gedacht! Wenn das doch bloß noch die Oma erlebt hätte, die war immer so verrückt nach Ballett."

Jan sieht Opa gerade ins Gesicht. „Dann findest du es also okay, wenn ein Junge gern tanzt?"

„Wenn er seine Sache so gut macht, ist es schon in Ordnung." Opi verzieht sein Gesicht in hundert Lachfalten. „Jedenfalls brauchen dein Vater und ich jetzt keine Angst mehr zu haben, was deine Mutter und dich angeht. Ihr könnt in jedem Straßentheater eure Brötchen verdienen!"

Auf dem Schulhof

Auf dem Schulhof geht es schrecklich zu:
Matthias boxt den Rainer,
der duckt sich, heult nicht und gibt Ruh,
und wieder merkt es keiner.
Maria hat das große Wort,
und Jule darf nichts fragen,
Maria quatscht in einem fort,
und Jule darf nichts sagen.
Und Benno, der hat Kippen mit
und sagt: Die muß Jan rauchen!
Sonst spielt er nämlich nicht mehr mit,
den kann ich dann nicht brauchen.
Der Holger stellt dem Jörn ein Bein
und sagt: Kannst du nicht gucken?
und Jörn möchte gern wütend sein,
doch wagt er nicht zu mucken.

Da gründen Jan und Jörn nen Club
und nennen sich „Die Rächer".
Und Jule, die macht auch gleich mit
und alle werden frecher.
Auch Rainer will hier Mitglied sein –
allein ist er zu schwach.
Jetzt helfen ihm die andern drei,
der Ärger läßt bald nach.

Tja, Matz und Holger wundern sich,
Maria ist ganz platt.
Bloß Benno rafft und rafft es nicht,
was sich geändert hat.

Allein ist jeder nicht so stark
wie er vielleicht gern wär,
Alleinsein ist auch manchmal Quark,
als Club, da ist man wer!

Heldenhaft

Markus hilft beim Abtrocknen. So etwas Blödes! Bloß gut, daß ihn keiner aus seiner Klasse dabei sehen kann, das wäre ja oberpeinlich! Langweilig ist es, und außerdem muß er höllisch aufpassen, daß nichts runterknallt und kaputtgeht, sonst wird Mama nämlich fuchsteufelswild.
Obwohl – gerade, daß er mit Mama beim Abwaschen allein ist, bringt ja manchmal auch die Möglichkeit, daß er sie was fragen kann, und daß sie richtig schön Zeit zum Reden haben. Er hat nämlich seit der dritten Stunde heute eine Frage. „Mama, was sind eigentlich Helden?"

„Helden? Wie kommst du denn darauf?" Die Mutter wirft ihm von der Seite einen neugierigen Blick zu.

„Och, wir haben in der Schule bei Frau Ziegler darüber geredet. Daß es Helden gibt und so."

„Welche habt ihr denn genannt?"

„Also, das war bei den Jungen und Mädchen verschieden. Die meisten Jungen haben gesagt: He-Man, Arnold Schwarzenegger und Astronauten und so. Bloß Ole hat Quatsch gemacht und Bart Simpson gesagt. Und die Mädchen haben gesagt: Steffi Graf und Mutter Teresa und Prinzessin Di."

„Prinzessin Di? Wieso ist die denn eine Heldin?" Die Mutter hört vor Verblüffung mit dem Abwasch auf.

„Na, weil alle so fies zu der sind und sie das aushalten muß. Aber Sigrun war dagegen und hat gesagt, Helden wären sowieso uncool, und sowas gäbe es heute gar nicht mehr."

„Hm."

„Was meinst du denn, Mama? Sag doch mal! Gibt es noch Helden?"

Markus wedelt aufgeregt mit dem Abtrockentuch durch die Luft.

„Tja, schwierige Frage. Was hat denn Frau Ziegler gesagt?"

„Die wollte mit uns noch die Klassenfahrt nächste Woche planen und sagt uns ihre Meinung erst morgen. Bis dahin sollen wir mal über unsere Helden nachdenken. Aber mir fällt keiner ein. Irgendwie find ich Helden doof."

„Naja, kommt drauf an." Die Mutter wischt sich mit dem Unterarm übers Gesicht. Dann starrt sie nachdenklich aus dem Fenster. Markus hat jetzt alles abgetrocknet und wartet auf das Besteck, das noch im Spülbecken liegt.

„Worauf kommt es an?"

Die Mutter grinst. „Na, ganz einfach. Es gibt eben solche Helden und solche."

„Ach, nee, toll. Und jetzt weiß ich total Bescheid, oder?" Markus wird langsam sauer. Kann sie ihm denn nicht mal eine ordentliche Antwort geben?

„Moment, mein Kleiner. Ich sag dir ja gleich was dazu. Ich mußte es mir doch erst mal selbst überlegen." Die Mutter räuspert sich und macht mit dem Abwasch weiter. „Also, da gibt es einmal die lauten Helden. Stars und Sportler, die dauernd in den Zeitungen stehen und über die sich alle die Mäuler fusselig reden. Eben was man so die Prominenten nennt. Manche von ihnen nutzen ja auch ihre Berühmtheit und sammeln Geld, für die Kinder in Bosnien oder in Somalia oder wo grade Hunger und Krieg sind. Die finde ich schon eine ganze Klasse besser. Aber so die echten Helden und Heldinnen sind für mich die stillen, die, die in einer bestimmten Situation über ihren Schatten springen. Zum Beispiel der Soldat, der die Bombe nicht abwirft. Oder die Frau, die ein behindertes Kind adoptiert oder ein Mann, der freiwillig den Abwasch macht."

Sie lacht.

Markus lacht nicht. Er schaut die Mutter mißtrauisch an.

„Was hast du?" will sie wissen.

„Och, Mama, nun tu doch nicht so. Du weißt doch, daß wir nächste Woche ins Schullandheim fahren und daß wir uns da zu den Diensten einteilen lassen müssen. Du willst ja bloß, daß ich mich freiwillig zum Abwaschen melde." Dann grinst er zurück. „Aber ich weiß überhaupt noch nicht, ob ich ein Held sein will."

Vier gegen eine

Lena geht von der Turnhalle nach Hause. Heute hat die Turnstunde wieder großen Spaß gemacht! Elke hat mit ihnen an der Sprossenwand geübt, und Lena war bei denen, die den Fuß auf die ganz hohe Sprosse kriegen konnten, fast so hoch wie ihr Kopf. Naja, so ganz gerade war das Bein noch nicht, aber Elke hat sie gelobt. Nächstes Mal kann sie es bestimmt noch besser!
Lena läßt den Turnbeutel durch die Luft sausen. So ein Nachhauseweg allein ist ganz schön langweilig. Nur noch drei von diesen großen Wohnblocks, und dann ist sie schon fast da. Mama hat gesagt, heute gibt es Fleischsalat zum Abendbrot, den ißt Lena schrecklich gern.
Da vorn kommen ein paar Kinder auf sie zu. Ach, wie blöd! Das sind die Jungen aus der Vierten, Mario, der kleine Tobi und die Kupinski-Brüder. Lena kann sie alle nicht leiden, weil sie auf dem Schulhof immer die anderen Kinder ärgern. Neulich erst hat der große Kupinski sie von der Schaukel gestoßen, und sie hat sich ganz doll wehgetan. Frau Bartels hat das aber gesehen und hat mit ihm geschimpft.
Ob der das noch weiß? Lena geht einen Schritt schneller und schaut ganz gerade nach vorn. Jetzt sind die Jungen herangekommen und versperren den Gehweg. Schnell will sie ausweichen und auf der Straße an ihnen vorbeigehen. Doch der kleine Kupinski grabscht nach ihrem Mantel.
„Hähä, wen haben wir denn da?"
Lena sagt nichts.
„Wenn das nicht die blöde Kuh ist, wegen der Martin neulich den Ärger hatte ..."
Lena geht einen Schritt zurück und zerrt, damit er den Mantel losläßt.

„Stumm ist sie auf einmal, die alte Petze", grinst der kleine Tobi und schnappt nach ihrem Turnbeutel.

„Ich finde, sie hat eine Strafe verdient." Martin, der große Kupinski, grinst ebenfalls. Dann holt er blitzschnell aus und knallt Lena so fest eine Ohrfeige, daß sie fast hingefallen wäre. Sie ist ganz starr vor Schreck und kann auch gar nicht mehr klar denken, als ihr die Tränen in die Augen schießen. Was für ein gemeiner Kerl –

„Und da!" Noch eine. Lenas Kopf wird nach der anderen Seite herumgerissen. Au, das tut so weh!

„Ihr seid gemein! Vier gegen eine!" Sie hat die Sprache wiedergefunden und schreit ihre Wut heraus.

„Halt's Maul! Macht der mal die Klappe dicht!" befiehlt Martin, und Mario tritt hinter sie und hält ihr den Mund zu. Lena dreht und windet sich, aber gegen so viele hat sie keine Chance. Andreas hält immer noch mit der einen Hand ihren Mantel fest, mit der anderen haut er ihr gegen das Ohr. Der große Kupinski-Bruder boxt ihr in den Bauch, und sie heult und krümmt sich, doch der Griff um ihren Hals und Mund verhindert, daß sie umfällt.

„Und wehe, du petzt nochmal, dann kriegst du jeden Tag Dresche, merk dir das! Du stehst jetzt unter Beobachtung, klar?" Martin schlägt noch einmal zu.

Lena heult, und ihr ist schlecht und das Gesicht tut ihr weh, der ganze Kopf dröhnt, und außerdem schämt sie sich, weil alle sie heulen sehen.

Sie spürt, wie Marios Griff nachläßt, sie kann den Mund wieder bewegen. Da beißt sie ihn ganz fest in die Hand. Er schreit auf. Sofort kriegt sie vom großen Martin wieder eine geboxt. Andreas hat jetzt ihren Turnbeutel und drischt damit auf ihre Schultern: „Sei still! Halt die Fresse!" brüllt er dabei. Aber Lena schreit wie eine Wahnsinnige.

Martin greift in ihre langen Haare und reißt daran, daß sie denkt, er reißt ihr den Kopf ab. Da hebt sie das Bein und tritt zu, ganz fest. Nicht so elegant wie vorhin an der Sprossenwand. Andreas quiekt auf, anscheinend hat sie ihn erwischt. Er hält sich die Hand schützend vor den Unterleib. Da tritt sie nochmals ganz fest und erwischt den kleinen Tobi an den Beinen und er stolpert zurück. Martin reißt sie wieder an den Haaren, bestimmt hat er ihr schon ganz viele ausgerissen. Aber trotz des ekligen

Schmerzes läuft Lena mit aller Kraft los, reißt Andreas ihren Beutel weg, und immer noch schreiend läuft sie davon.

Als sie zuhause Sturm klingelt, will die Mutter erst schimpfen, doch als sie Lena sieht, holt sie sie ganz schnell rein und macht die Tür zu.

„Ja, du lieber Himmel, was haben sie denn mit dir gemacht?" sagt sie mit zitteriger Stimme und nimmt Lena in die Arme. Die wischt erstmal alle Tränen und allen Kummer in Mamas Pullover. Sie weint sich richtig aus. Danach zieht Mama Lena den Mantel aus, als ob sie ein Baby wäre und führt sie ins Wohnzimmer, bettet sie aufs Sofa und deckt sie mit der Omadecke zu.

Dann setzt sie sich zu ihr, und Lena erzählt, was ihr passiert ist. Zum Schluß kann sie schon wieder ein bißchen lachen. „Weißt du noch, Mama", sagt sie und kuschelt sich ganz dicht an Mama. „Früher hast du immer gesagt, schreien und treten wären schlechte Manieren. Aber manchmal, siehste, manchmal ist schreien und treten ganz schön nötig, nä?"

Märchenhaft

Die Mutter erzählt das Märchen von „Fallada": Von der Königstochter, die mit der bösen Kammerfrau zu ihrem Bräutigam, dem jungen Königssohn, reitet und unterwegs von der Kammerfrau gezwungen wird, mit ihr die Kleider zu tauschen. Wie die Kammerfrau dann Königin werden will und die Königstochter zum Gänsehüten schickt. Wie der alte König dann hinter das Geheimnis der Gänseliesel kommt und die böse Kammerfrau für ihre Verbrechen bestraft wird. Und wie dann schließlich die Hochzeit stattfindet und die Königstochter und der Königssohn nun glücklich leben bis an ihr Ende.

Tja, Barbaras Gesicht ist während des Zuhörens immer kritischer geworden. Jetzt schnauft sie verächtlich. „So eine blöde Ziege!"

„Ja", sagt die Mutter. „Die Kammerfrau war wirklich ein ganz gemeines Aas."

„Nee, die doch nicht!" Barbara schüttelt den Kopf. „Diese Prinzessin ist doch sowas von blöde, das halt ich nicht aus!"

„Wieso denn das?" Die Mutter ist ganz baff.

„Na, wieso läßt sich denn die dumme Pute einfach die Kleider abnehmen? Warum boxt sie ihre Kammerfrau nicht mal feste in den Bauch?"

„Hm." Von der Seite hat die Mutter das Märchen noch nie betrachtet. „Vielleicht war die Kammerfrau viel stärker, und die Prinzessin hatte keine Chance?"

41

„Püh, Quatsch. Dann hätte sie ja vorher mal ein bißchen Karate machen können oder so. Das machen Frauen heute, wenn sie keine Schlaffis sind."

„So?" Die Mutter hat noch nie bei einem Karatekurs mitgemacht und hat das eigentlich auch nicht vor. Heißt das, daß sie ein Schlaffi ist?

„Na klar." Barbara runzelt die Stirn. „Aber auch wenn sie kein Karate kann, sie kann doch reden. Warum sagt sie dem Bräutigam nicht, was passiert ist?"

„Das hätte die Kammerfrau doch bestritten!"

„Jaaa, aber dann hätten sies doch bloß wie bei Aschenputtel machen müssen. Wem die Kleider am besten passen, die hat gewonnen."

„Und wenn beide genau die gleiche Größe haben?" So schnell gibt sich die Mutter nicht geschlagen.

„Dann hätte sich die Prinzessin einen Anwalt nehmen müssen. Der hätte ihren Paß oder so besorgt und – sssst! – wär alles klar gewesen."

„Naja, wenn du es so siehst..." Die Mutter gibt auf. Manche Märchen sind scheinbar überholt. Schlaffe Prinzessinnen, die nicht boxen können und keine Karategürtel besitzen und nicht wissen, wie man sich einen Anwalt nimmt, haben heute offensichtlich kein Publikum mehr.

„Du brauchst deshalb ja nicht traurig zu sein!" Barbara gibt der Mutter schnell ein Küßchen. „Das ist ja noch nicht mal das blödeste Märchen."

„Sondern welches?" Die Mutter macht sich darauf gefaßt, daß ein weiteres ihrer geliebten Märchen aus der Kinderzeit auf dem Müllhaufen der Powerfrauen landet.

„Das ist doch klar. Das doofste ist Rotkäppchen. Ich würde einem Wolf doch nie verraten, wo meine Oma wohnt." Die Tochter schüttelt den Kopf. „Und wenn – da muß einer schon mehr hinlegen als so einen dammeligen Blumenstrauß."

Jonas sagt Nein

Jonas steht an der Haltestelle und friert. Daß es aber auch immer so lange dauert, bis eine Bahn kommt! Jeden Tag fährt er jetzt mit der Straßenbahn zur Grundschule, seitdem sie in einen anderen Stadtteil gezogen sind.
Da! Endlich kommt die Bahn. Leider eine alte, keine von den schicken neuen. In denen kann sich Jonas immer vorstellen, wie er in einer Weltraumbahn über die Milchstraße fährt... Aber in den alten Straßenbahnen stehen die Sitzbänke

einander gegenüber, da kann man nicht so gut träumen. Alle Plätze besetzt. Dabei ist sein Ranzen ganz schön schwer. Da wäre noch ein freier Platz, aber der Mann mit der roten Mütze auf der Bank gegenüber hat einfach seine Füße draufgelegt. Jonas findet das blöd, aber er traut sich nicht, etwas zu sagen.

An der nächsten Haltestelle steigt ein alter Mann ein. Kaum ruckelt die Bahn an, geht er auf den Roten-Mützen-Mann zu und schimpft los: „Was fällt Ihnen ein? Nehmen Sie gefälligst sofort die Füße runter!"

„Is was, Opa?" fragt der und behält die Füße oben.

„Ja, das ist eine Unverschämtheit –" knöttert der alte Mann weiter. Doch da steht der Jüngere auf einmal auf und brüllt ganz laut: „Halt das Maul, du alter Knochen! Von so einem Idioten laß ich mich doch nicht von der Seite anmachen –"

Jonas bleibt der Mund offenstehen. Sowas hat er noch nie erlebt. Wieso brüllt der den alten Mann so böse an? Füße hochlegen ist doch nun mal verboten! Der alte Mann redet wieder, doch jetzt etwas leiser. Der Rote-Mützen-Mann geht ganz dicht zu dem Alten hin und nimmt dem einfach die Brille ab und sagt: „Da denkt so ein alter Depp, er hat den großen Durchblick, was? Na, das können wir ganz schnell ändern..."

Jonas sieht, daß der alte Mann jetzt Angst hat. Keiner in der Straßenbahn hilft ihm. Alle schauen aus dem Fenster oder vor sich hin, als wäre gar nichts los. Jetzt hält die

Bahn. Ein großer dicker Mann steigt aus. Der hätte dem alten Mann helfen können – aber nun ist er weg.
Jonas versucht, wegzuhören. Der Rote-Mützen-Mann kommt immer mehr in Fahrt. Jetzt schubst er den alten Mann auch noch. Der weicht zurück, bis er gegen einen anderen prallt, der sich an der Haltestange festhält und einfach wegschaut.
Keiner im Waggon sagt etwas zu dem Roten-Mützen-Mann.
„Ich laß mich nicht von einem alten Rotzer anmachen, merk dir das, Alter", brüllt der Rote-Mützen-Mann weiter, immer noch ganz schrecklich laut. „Merkt euch das alle hier, mit mir geht das nicht, oder will hier noch wer mal die Meinung gesagt kriegen?" Sein Gesicht ist jetzt fast so rot wie seine Mütze, und Jonas hat schreckliche Angst vor ihm. Keiner der anderen Fahrgäste sagt etwas, ein paar Kinder weiter vorn kichern.
„Ist das klar?" sagt der Brüller und schubst den alten Mann wieder.
„Nee." Jonas hat hat deutlich jemanden reden hören, und gleichzeitig merkt er, daß er das war.
Der Rote-Mützen-Mann mustert ihn. „Was war das?"
Jonas schluckt. Ihm ist ganz kalt, als wäre in seinem Magen eine Eiskugel. Er schluckt noch mal. „Nein. Das ist nicht klar, warum Sie den alten Mann so fertig machen. Vielleicht wollen Sie ja auch noch ein Kind fertig machen."
Der Rote-Mützen-Mann kommt auf ihn zu. „Du hast wohl lange keine Dresche mehr gekriegt, du kleine Kröte? Halt dein Maul, wenn große Leute reden, ist das klar?"

46

Eigentlich will Jonas lieber nichts mehr sagen. Ihm wird jetzt ganz heiß vor Angst. Aber dann sagt er doch wieder: „Nein". Die Bahn hat inzwischen angehalten, manche Leute sind aus-, andere eingestiegen, von denen schauen einige neugierig herüber, aber niemand kommt ihm zu Hilfe. Jonas schwitzt, der Rote-Mützen-Mann steht ganz dicht vor ihm, Jonas muß zu ihm hochsehen.

Wieso hilft ihm keiner? Haben die Erwachsenen hier in der Bahn auch so große Angst vor dem Schreier?

„Ich finde Schreien gemein", sagt er.

„WAS?"

„Ich finde Schreien gemein", wiederholt Jonas. Die Bahn hält wieder. Fast hätte er das Gleichgewicht verloren, weil er darauf nicht vorbereitet war. An der Schulter des Roten-Mützen-Mannes vorbei kann Jonas draußen zwei Polizisten auf die Bahn zukommen sehen. Und direkt vor der Tür sieht er den dicken großen Mann, der vorhin ausgestiegen ist.

Jetzt wird Jonas ganz mutig, denn der Rote-Mützen-Mann kann die Polizisten ja nicht sehen.

47

„Ich finde Füße auf den Sitz doof, aber Rumschreien und Brille wegnehmen und Leute schubsen find ich noch doofer." Einige Leute im Waggon lachen.

Da geht die Tür auf, und die Polizisten steigen ein. Der große Mann steigt auch wieder ein und zeigt auf den Rote-Mützen-Mann. Der muß mit den Polizisten mit. Jonas setzt sich endlich auf einen freigewordenen Platz.

Aha! Der große Mann war wieder vorn beim Fahrer eingestiegen und der hatte über seinen Funk die Polizei informiert.

Niemand in der Bahn redet mit Jonas.

Alle sehen wieder aus dem Fenster oder vor sich hin. Ein paar unterhalten sich leise, und die Kinder weiter vorn lachen.

Jonas ist sehr müde, aber irgendwie unheimlich zufrieden.

„Ach, Verzeihung!"

6

8

7

9

Drachentanz

Malte schämt sich.

Keiner aus seiner Klasse hat so einen Papa wie er.

Einer, der dauernd die verrücktesten Sachen macht. So wie bei Maltes letztem Geburtstag, als Papa in einem schwarzen Kleid mit weißem Schürzchen die Kellnerin spielte. Alle haben sich halb totgelacht, nur Malte hat sich geschämt. Besonders als Papa dann auf einer Sahneschnitte ausgerutscht ist und alle sehen konnten, daß er unter dem Kleid auch noch schwarze Spitzenwäsche trug. Gräßlich, so ein Papa.

Wie er am letzten Schultag vor den großen Ferien am Schultor stand, in der einen Hand zwanzig Luftballons und in der anderen eine Trompete. Wie er dann in die Trompete trötete, daß die Wände von der Schule fast wackelten! Die anderen Kinder fanden das witzig, aber es war ja auch nicht ihr Papa! Malte muß ihn ja dauernd aushalten, und er kriegt die komischen Blicke sehr gut mit, die sich die anderen Erwachsenen immer zuwerfen, wenn Papa seine Späße macht. Und die mitleidigen Blicke auch, die er selbst abkriegt.

Er will nicht wegen seinem Papa bemitleidet werden!

Er will stolz sein auf seinen Papa!

So wie Benno. Der hat einen Papa mit grünem Karategürtel. Das ist doch was! Auch wenn Bennos Papa kein Karate mehr macht, weil er inzwischen einen ganz dicken Bauch hat. Oder Trinis Papa. Der spielt immer mit Trini und ihren Kumpels Fußball auf dem Bolzplatz, und er kann echt gut dribbeln!

Nicht so wie Maltes Papa, dem jeder so – schnipp! – den Ball abnehmen kann, und der noch nicht mal im Tor was taugt, obwohl er so groß ist!

Alle anderen Papas ziehen auch normale Kleider an, Hosen oder Jeans und Pullis und so. Aber nicht Maltes Papa, der nicht! Kaum ist der erste warme Frühlingstag da, zieht er diese uralten Flatter-shorts an, weil ihn die an seine Pfandfinderzeit erinnern, sagt er immer. Bloß sieht er damit gräßlich aus! Dünne nackte Stachelbeine schauen dann aus den Hosenbeinen raus, und an den Füßen trägt er alte, ausgelatschte Sandalen.

„Hach", sagte er immer, „es geht doch nichts über beque-me Klamotten!"

Und jetzt auch noch das:

Malte hat beim Mittagessen erzählt, daß er sich mit den anderen Jungen zum Drachensteigen verabredet hat. Und nun will Papa unbedingt mitkommen.

Das kann Malte sich schon dreimal vorher ausrechnen, wie das wird! Nur peinlich!

„Du brauchst nicht mitzukommen, wenn du was Besseres vorhast", murmelt Malte.

„Wie könnte ich was Besseres vorhaben, als mit meinem Sohn zum Drachensteigen zu gehn!" Papa schaut ihn ganz empört an. Papa kann sich eben immer frei nehmen, weil er als Graphiker oft zuhause arbeitet. Wahrscheinlich finden seine Kollegen ihn im Büro auch peinlich und haben ihm das deshalb erlaubt.

„Ich habe den neuen Werbefeldzug für das Kräutersham-poo fertig. Da kann ich mich ruhig beim Drachensteigen

erholen. Komm, wir holen den Drachen vom Dachboden."
Malte bleibt nichts anderes übrig als mitzugehen.
Doch oben unterm Dach erwartet sie eine böse Überraschung: Der Drachen ist kaputt! Ausgefranst und löchrig!
„Da haben wohl ein paar Mäuse ein Fest gefeiert", Papa
wiegt den Kopf. „Aber das kann einen echten Drachenflie-
ger nicht entmutigen. Komm, mein Sohn, wir bauen einen
neuen!"
Mißmutig stapft Malte die Dachbodentreppe hinter Papa
runter. Einen neuen bauen? Wie denn? Sie haben keine
Ballonseide im Haus, kein Seidenpapier, ja, nicht mal Per-
gamentpapier. Eigentlich haben sie überhaupt nichts von
dem da, was man zum Drachenbauen unbedingt braucht.
Als er das Papa zu erklären versucht, lacht der bloß. „Ach
was, viele Wege führen nach Rom. Paß mal auf, ich hab so
eine Idee."
Malte ahnt Schreckliches. Papas Ideen – bestimmt wieder
was Peinliches!
„Wir bauen einen Mülldrachen!"
Und bevor Malte sich von seiner Überraschung ganz
erholt hat, entsteht aus einer blauen Mülltüte, zwei Rohr-
stöckchen aus Mamas Blumentöpfen und ein bißchen
Klebeband ein neuer Drachen. – Naja, Drachen kann man
das Ding höchstens wegen seiner Häßlichkeit nennen.
Papa bindet noch die Schnur fest und steckt ein paar Klei-
nigkeiten ein: „Bitte sehr – der schönste Mülldrachen der
Welt!"
Malte will nicht den schönsten Mülldrachen der Welt.
Malte will einen ganz normalen, einen aus buntem Stoff
oder aus buntem Plastik.
Aber Papa strahlt ihn an, und da quält er sich ein Lächeln
ab, zieht seine Jacke an und geht mit Papa zur großen
Wiese im Park, wo die Kinder aus dem Stadtviertel immer

ihre Drachen steigen lassen. Benno ist schon da und schließt sich ihnen an, weil man ja immer zwei braucht, einen für die Schnur und einen, der mit dem Drachen losrennt. Ein paar andere aus seiner Schule sind auch schon da und ein paar ältere aus dem Schulzentrum. Natürlich haben die alle Superdrachen.

Malte hätte sich am liebsten in einem der vielen Karnickellöcher verkrochen, als Papa mit dem blauen Mülldrachen stolz bis zur Mitte der großen Wiese weitergeht. Dort stehen immer die mit den tollsten Drachen. Umständlich wickelt Papa etwas Schnur ab und gibt Malte das Wickelbrett. Dann streckt Papa den abgeleckten Finger in die Luft und sagt zu Benno: „Von da kommt der Wind!" hebt den Drachen auf und geht ein Stück von Malte weg. „Jetzt lauf, Malte!" brüllt er und hebt den Drachen ganz hoch. Malte läuft los – und wirklich, der Mülldrachen steigt. Malte läßt Schnur nach, er steigt weiter. Malte läuft etwas hin und her, bis er gut steht und staunt. Es klappt! Papa sagt stolz: „Na bitte, der schönste Mülldrachen weit und breit! Das ist eben Bastelgenie!"

Doch dann zuckt der schönste Mülldrachen hin und her, auf und ab. „Hol ihn rein, das haben wir gleich", sagt Papa, und Malte wickelt die Schnur auf, bis der Drachen vor ihnen im Gras liegt.

„Wart mal, ich hab da doch was" – und schon ist Papa mit Klebeband zugange. „So, jetzt ist er besser ausbalanciert. Los, nochmal!"

Sie wiederholen das Startmanöver, Benno rennt mit Malte mit, und diesmal bleibt der Drachen oben am Himmel stehen, und je nachdem, wo Malte ihn hinzieht und wie er die Schnur bewegt, tanzt der Drachen mit.

Alles wäre so schön gewesen, wenn nicht auf einmal der große Junge in ihrer Nähe einen seiner Kumpels in die Seite geboxt hätte. „Guck mal, zwei arme Schlucker! Mußten doch wahrhaftig einen Mülleimer plündern!" Dann lacht er ziemlich gemein.

Die sind mindestens schon zwölf und sehen ziemlich stark aus, deshalb fängt Malte lieber keinen Streit an. Aber Papa, der kann ja nie was überhören.

„Armut ist keine Schande, meine Herren. Und außerdem fliegt unserer besser. Wenn ihr weiterhin so nett seid, dürft ihr ihn mal halten!"

Das sind genau die Sprüche, die Malte später Kummer bringen können. Schließlich kann er den Typen ja nochmals anderswo begegnen und dann muß er alles ausbaden. Wenn Papa doch bloß mal den Mund halten würde!

Malte versucht, ein Stück weiterzugehen, aber der Drachen tanzt jetzt wie wild. Auf einmal fällt was runter, und dann faßt Papa sich an den Kopf, taumelt und setzt sich schließlich mit einem Plumps hin.

Malte kann doch die Schnur nicht einfach loslassen, er wickelt wie verrückt und sieht ängstlich zu Papa hin. Die großen Jungen lachen jetzt wieder. „Na, schon so früh am

Tag besoffen? He, Kleiner, bring mal deinen Alten nach Hause, der hat zuviel geladen!"

Wie in einem ganz schnellen Film sieht Malte den Mülldrachen vor sich, wie er eben noch so schön am Himmel tanzte, wie Papa lachte, und gleichzeitig fühlt er nochmal die Peinlichkeit und das Schämen und seinen Zorn. Dann macht es sirrr! In Maltes Kopf ist Totenstille. Jetzt weiß er, was er tun muß. Er geht die zehn Schritte bis zu den Großen und schaut den Hauptgröler an.

„Das ist kein Alter, sondern mein Papa, und er ist gar kein bißchen besoffen, sondern der beste Papa von der Welt. Er kann nämlich alles, sogar einen Superdrachen bauen."

Malte schnappt nach Luft. Vor lauter Empörung hat er das Atmen vergessen. „Jawohl, damit ihrs wißt!" sagt er noch in die verblüfften Gesichter hinein. Dann dreht er sich um und rennt zu Benno und Papa, der sich mit einem Taschentuch einen Blutfaden aus dem Gesicht wischt und dabei alles verschmiert.

„Komm, ich mach das", Malte nimmt ihm das Taschentuch aus der Hand.

Papa stöhnt leise. „Naja, also der beste Papa der Welt ist manchmal auch ein ziemlicher Trottel. Weißt du, ich wollte dem Drachen unten etwas mehr Gewicht anbinden, aber ich hatte nur die Schere mit. Und dann hat sich das blöde Ding losgerissen und ist mir auf den Kopf gefallen. Sowas Bescheuertes!"

Papa lächelt schief und hält Malte die Bastelschere unter die Nase.

„Ist doch egal. Ruh dich hier aus und schau zu. Ich laß den schönsten Drachen vom besten Papa noch mal steigen", sagt Malte und läuft los.

Rätsel

Das Kind behält statt Frust die Lust
denn es ist ziemlich westblebußts.

Über Ayses Kopftuch braucht keiner zu lachen,
ein jeder trägt eben so seine Anhcse.

Anja ist beim Klettern gut,
sie zeigt dabei auch ganz schön Tum.

Wenn drei einen prügeln ist das gemein,
da gibt es nur eins: ihr simtch huec ein.

Wenn einer pöbelt, nur nicht gleich schlagen.
Vielleicht wär's besser, einen Zwti zu wagen.

Du fühlst dich beleidigt, führst eine Klage,
warum kam das so, klär erst mal die Gerfa.

Laß doch auch Jungen mit Mädchen spielen,
Hauptsache ist doch, wie gut sie sich lehfnü.

Ball die Faust auch mal in der Tasche,
bist deshalb noch lang keine Elhcsfa.

Schöner, klüger, stärker, reicher wird immer jemand sein,
doch so jemand wie dich gibts iemnla nur allein.

Mädchen, die pfeifen, und Hühner, die krähn,
die können was sosendrbee, das kann man doch sehn.

(Flasche/selbstbewußt/fühlen/besonderes/mischt euch/
Sachen/einmal/Frage/Mut/Witz)

Ich bin selbst ein ängstlicher Mensch und weiß, ,wovon ich male'. Es wäre für mich kein großes Problem gewesen, so wie Jonas jemandem beizustehen. Aber ich hätte mir immer davor in die Hose gemacht, wie Jan etwas zu zeigen, was andere uncool oder blöd finden, oder wie Inga zu einer garstigen Verkäuferin zu gehen. So ist es auch für die eine mutiger, Stärke zu zeigen und für den anderen, Angst zuzugeben. Das ist für alle verschieden. Ich bewundere immer, wenn man es schafft, ein bißchen über sich selbst hinauszuwachsen!"

Christiane Pieper

Es gibt der Helden schrecklich viel,
mit Muckis und Pistolen,
die meistens sich mit viel Gebrüll
Gerechtigkeit herholen.
Die imponiern mir nicht so sehr,
die habens nämlich leicht:
Mit Krach und Dresche, Ballerei
hat man fix was erreicht.
Im Alltag geht es anders zu,
da sind wir meistens klein,
da hätt man lieber seine Ruh,
statt heldenhaft zu sein.
Doch grade dann kommts darauf an,
ob man kuscht oder spricht.
Hier zeigt es sich bei Frau und Mann:
Sich drücken geht da nicht!

Nina Schindler